Illustrations de *Neige blanche et Rose rouge* : Aldo Ripamonti
Illustrations de *Le vilain petit canard* : Achille Picco
Traduction et adaptation: SCRIBO
Rédaction: Virginie Leproust
Production et enregistrement: CAP'TAIN CLICK
Couverture: Jérôme Faucheux
Illustration du logo "Il était une fois": Doris Lauer

ISBN : 2-245-00668-2
Dépôt légal : septembre 1996
N° d'éditeur : 10 0 92

Imprimé en Italie

Neige blanche et Rose rouge

JACOB ET WILHELM GRIMM

HACHETTE

Il était une fois une veuve très pauvre qui vivait avec ses deux filles à l'orée de la forêt. Leur petite maison était entourée d'un joli jardin où poussaient un rosier blanc et un rosier rouge. La veuve, qui adorait les fleurs et surtout ses rosiers, avait surnommé ses deux filles Rose Rouge et Neige Blanche.

Rose Rouge était très vive, elle aimait courir dans les champs, cueillir des fleurs et attraper des papillons. Neige Blanche était beaucoup plus calme. Elle aidait souvent sa maman à faire le ménage et lui faisait la lecture à la veillée. Chaque fois que Rose Rouge et Neige Blanche allaient cueillir des baies dans la forêt, les animaux surgissaient de partout et les entouraient. Les petits lapins mangeaient dans leurs mains, les cerfs les accompagnaient un bout de chemin et les oiseaux leur chantaient leurs plus belles ritournelles.

Un soir, alors que la maman et ses deux filles étaient assises autour du feu, on tambourina violemment à la porte.

"Va vite ouvrir, Rose Rouge", dit la maman, "c'est sans doute un pauvre voyageur perdu dans la forêt !"

Rose Rouge se précipita, pensant trouver un voyageur fatigué, mais c'est un ours énorme et couvert de neige qu'elle trouva derrière la porte ! La jeune fille, effrayée, courut se cacher au fond de la cuisine. L'ours resta sur le pas de la porte sans bouger.

"N'ayez pas peur, mademoiselle", dit-il d'une voix douce, "je ne vous ferai aucun mal, je meurs de froid et je voudrais simplement me réchauffer près d'un bon feu".

La maman eut pitié de l'ours et répondit :

"Entre, pauvre créature, viens te chauffer, mais prends garde de ne pas te roussir le poil !".

Puis elle appela ses filles :

"Sortez de votre cachette. Cet ours est gentil, il ne vous fera pas de mal ! Venez le débarrasser de la neige dont il est couvert !"

Alors Rose Rouge et Neige Blanche vinrent brosser l'ours pour faire tomber la neige qui recouvrait sa fourrure, puis l'animal les suivit dans la maison.

"Ah, quelle belle flambée !", soupira-t-il en s'allongeant devant la cheminée. Et il se mit à faire le clown pour amuser Rose Rouge et Neige Blanche. Même le petit agneau, qui habitait avec la famille, osa s'approcher de l'énorme animal.

Lorsque vint l'heure d'aller se coucher, la maman n'eut pas le cœur de laisser partir l'ours dans le froid et la neige.

"Tu peux dormir ici cette nuit, tu seras à l'abri", lui dit-elle.

Le lendemain matin, l'ours s'en alla dans la forêt chercher de la nourriture. Mais le soir venu, il revint demander asile pour la nuit et, à partir de ce jour-là, il prit l'habitude de rentrer tous les soirs se coucher près du feu. Rose Rouge, Neige Blanche et leur maman finirent par s'habituer à lui et laissèrent leur porte ouverte tous les soirs pour que l'ours puisse entrer dans la maison.

Lorsque le printemps arriva, il annonça à Rose Rouge et à Neige Blanche qu'il devait les quitter pour quelques mois et ne revenir qu'à la fin de l'été.

"Pourquoi nous quittes-tu, tu n'es pas bien chez nous ? Où vas-tu aller ?", demandèrent les deux jeunes filles.

"Je dois aller dans la forêt régler son compte à un méchant gnome", répondit l'ours, "pendant l'hiver, quand la terre est gelée, les gnomes ne peuvent pas sortir. Mais

au printemps, lorsque la neige fond, ils sortent de terre et fouillent partout pour voler tout ce qu'ils trouvent. Un de ces gnomes est particulièrement méchant et je veux l'attraper".

Neige Blanche et Rose Rouge furent très tristes de voir partir leur ami. Pendant plusieurs nuits, elles laissèrent ouverte la porte de la maison dans l'espoir de le voir revenir. Mais l'ours ne revint pas.

Quelques jours plus tard, leur maman leur demanda d'aller chercher du bois dans la forêt. En arrivant dans une clairière, elles s'arrêtèrent devant un gros arbre abattu.

"Regarde, il y a quelque chose qui bouge dans le tronc !", chuchota Rose Rouge.

"Oui, on dirait un papillon !", répondit Neige Blanche.

En s'approchant, elle virent que c'était un gnome, tout vieux et tout ridé, avec une longue barbe blanche dont la pointe était coincée dans une fente du tronc. Il tirait de droite et de gauche, sautillant et gémissant, mais n'arrivait pas à se dégager.

"Qu'est-ce que vous avez à rester plantées là comme deux courges ? Vous ne pourriez pas me donner un coup de main, non ?", maugréa le gnome.

"Mais que vous est-il arrivé, mon pauvre monsieur ?" demanda gentiment Rose Rouge.

"Stupide petite dinde ! Cela ne se voit pas ?", répliqua le gnome d'un ton hargneux. "Je voulais fendre ce tronc pour faire du petit bois, mais ma barbe s'est accrochée et je n'arrive plus à me détacher".

Neige Blanche prit des ciseaux dans sa poche et coupa la pointe de la barbe du gnome.

“Mais tu es folle à lier, ma fille !” s’écria le gnome, “comment as-tu osé couper ma superbe barbe ! Il faut des années pour faire pousser une barbe pareille !”

Et sans un mot de remerciement, il sauta sur un autre arbre, ramassa un gros sac qu'il avait caché là, puis disparut dans la forêt.

Dépitées, Rose Rouge et Neige Blanche allèrent à la rivière pêcher un poisson pour le dîner.

En arrivant au bord de l'eau, elles virent une espèce de grosse sauterelle qui s'agitait dans tous les sens. En s'approchant, elles se rendirent compte que c'était encore le gnome.

"C'est notre ami", dit Rose Rouge à sa sœur.

"Oui, et il n'a pas l'air très content. Qu'est-ce qu'il fabrique encore ? Il va tomber dans l'eau s'il continue !", s'esclaffa Neige Blanche.

"Je ne suis pas si bête !", grogna le gnome, "tu ne vois donc pas, petite sotte, que je tiens un poisson au bout de ma ligne ?"

Le petit bonhomme s'était installé là pour pêcher, mais le vent avait malencontreusement emmêlé sa barbe dans sa ligne.

Et les rôles étaient maintenant inversé : ce n'était plus le gnome qui tentait d'attraper le poisson, mais le poisson qui essayait d'attraper le gnome ! Gesticulant, hurlant, trépignant, il s'épuisait en efforts inutiles pour essayer de se détacher.

"Mais aidez-moi, faites quelque chose !", s'écria-t-il en s'agitant de plus belle.

Une fois de plus, Neige Blanche prit ses ciseaux et coupa le bout de la barbe du gnome coincé dans la canne à pêche.

"Décidément, cette dinde le fait exprès ! Elle ne rate pas une occasion de couper ma barbe !", bougonna le gnome en reprenant son sac et en s'enfuyant.

Le soir commençait à tomber. Rose Rouge et Neige Blanche, fatiguées par leur journée au grand air, décidèrent de prendre le chemin du retour lorsqu'elles aperçurent un grand aigle qui tournoyait dans le ciel et semblait vouloir se poser dans la forêt. Il tenait entre ses serres une petite proie qui s'agitait. C'était encore le gnome ! Lorsque l'aigle se posa, les deux jeunes filles se précipitèrent sans hésiter pour libérer le petit bonhomme. Elles tirèrent si fort que l'aigle fut obligé de lâcher sa proie. Mais à peine revenu de son émotion, le gnome entra dans une colère noire :

"Regardez-moi ça ! J'étais bien habillé et vous avez déchiré ma veste ! Vous ne pouviez pas faire attention ?". Et sans même un sourire il prit son sac sur l'épaule et se sauva. Habituées à son ingratitude, les deux sœurs poursuivirent leur chemin en riant.

Au détour d'un sentier, Rose Rouge s'arrêta et fit signe à sa sœur de ne pas faire de bruit.

"Regarde", chuchota-t-elle, "voilà encore le gnome !"

C'était lui, en effet. Il avait déballé son grand sac et en avait étalé le contenu dans l'herbe : c'étaient des diamants et des pierres précieuses ! Les deux jeunes filles n'en croyaient pas leurs yeux.

"Ah, c'est encore vous ? J'aurais dû m'en douter ! Qu'avez-vous donc à m'épier ?", s'écria le gnome, rouge de colère, lorsqu'il s'aperçut de leur présence. Il s'apprêtait à ramasser son sac et à s'enfuir une fois de plus lorsqu'on entendit un grognement féroce.

"Au secours !", hurla le gnome en voyant un ours menaçant s'approcher, "prends mon trésor, prends tout ce que tu veux, mais ne me tue pas. Un pauvre petit être comme moi, si minuscule, qu'est-ce que cela peut bien te faire? Tu ne me sentiras même pas entre tes grosses dents. D'ailleurs, pourquoi ne manges-tu pas ces deux filles que voilà, elles sont bien plus appétissantes que moi !"

L'ours ne prêta pas la moindre attention à ces paroles et écrasa le méchant petit gnome d'un coup de patte.

"Me voilà enfin débarrassé de cet insupportable gnome !", rugit-il en montrant les dents.

Rose Rouge et Neige Blanche prirent leurs jambes à leur cou. Elles n'avaient pas reconnu, dans cet ours en colère, l'ami qui avait passé les soirs d'hiver dans leur maison.

"Neige Blanche, Rose Rouge, n'ayez pas peur, revenez ! Vous ne me reconnaissez pas ?", cria l'ours.

Stupéfaites, elles s'arrêtèrent et le regardèrent craintivement. C'est alors que l'ours se débarrassa de sa fourrure et se transforma en prince charmant.

"Je suis le fils du roi, je vais tout vous expliquer", leur dit-il, "pendant plusieurs années, ce gnome a gâché ma vie. Il m'a jeté un sort qui m'a transformé en ours et la seule manière de briser le sortilège était de le tuer, vous comprenez ?"

Neige Blanche épousa le prince et Rose Rouge épousa son frère. Quant aux trésors immenses que le nain avait accumulés dans son antre, ils se les partagèrent. Et la vieille maman vécut de longues et heureuses années auprès de ses deux filles qu'elle rejoignit au palais, non sans emporter ses deux rosiers qu'elle planta devant leurs fenêtres et qui donnèrent, chaque année, de magnifiques roses rouges et blanches.

Le vilain petit canard

HANS CHRISTIAN ANDERSEN

HACHETTE

Il était une fois, dans un petit coin de campagne, une maman cane qui couvait ses œufs. Elle s'était confortablement installée sous l'ombrage d'un grand arbre, près de la clôture du jardin. Ah, qu'il était doux de sommeiller paisiblement en attendant l'heureux événement!

Pendant plusieurs jours, la future maman couva tendrement, sans bouger un seul instant car les œufs devaient rester bien au chaud pour éclore. L'été avançait et la chaleur se faisait de plus en plus torride.

"N'allez-vous donc jamais éclore, bande de petits chenapans?", s'écria la maman cane qui serait volontiers allée se dégourdir les pattes et se rafraîchir dans la mare avec les autres canards de la basse-cour.

Enfin, de légers bruits se firent entendre. Un craquement, puis encore un autre... Les coquilles se fendillèrent lentement et des petits canetons pointèrent le bout du bec.

"Coin, coin, coin!", nasilla la maman cane, très fière de sa progéniture. Elle était tellement absorbée par ses rejetons qu'elle ne vit même pas qu'un de ses œufs ne s'était pas ouvert.

La grand-mère canard arriva bientôt en se dandinant pour admirer ses petits enfants.

"Ma fille, comme tu es distraite!" cancana la grand-mère. "Regarde, un de tes œufs n'est pas éclos!". Horrifiée, la maman cane se rua sous son arbre pour couver le dernier œuf.

Deux jours passèrent, mais l'œuf refusait toujours de s'ouvrir. "Bizarre", lança la grand-mère canard dans un couac, "es-tu certaine, ma fille que c'est bien toi qui as pondu ce gros œuf? On dirait un œuf de dinde !"

"Un œuf de dinde?", rétorqua la maman cane d'un ton offusqué, "mais enfin, vous n'y êtes pas, c'est impossible !".

Et la maman cane couva de plus belle. Œuf de cane ou œuf de dinde, peu lui importait. L'essentiel était de couver jusqu'à ce qu'un petit oisillon vienne au monde.

"Ma fille, tu n'es qu'une entêtée!", suffoqua la grand-mère canard, en agitant de colère les plumes de son derrière. "Tu auras bonne mine quand tu auras mis au monde un dindonneau incapable de se mouvoir sur l'eau!"

Fâchée qu'on ne l'ait pas écoutée, la grand-mère partit en cancanant sur les jeunes d'aujourd'hui, tous des insolents!

Enfin, après deux jours d'attente, un gros "craaac" se fit entendre et la coquille du dernier œuf commença à se fendre.

"Hui, hui, hui", fit le nouveau-né en passant la tête hors de la coquille.

"Quel drôle de cri pour un caneton", pensa la maman cane, quelque peu interloquée. "Il doit être enrhumé, le pauvre petit". En réalité, le nouveau-né était gros et laid comme un dindonneau et n'avait décidément rien d'un joli petit caneton.

"Il est vraiment grand pour son âge", se dit la maman cane pour se consoler d'avoir mis au monde un aussi vilain petit canard.

Le lendemain, elle emmena toute sa progéniture à la rivière pour apprendre aux canetons à voguer sur l'eau. Maladroits au début, ils apprirent vite à flotter. Même le gros dindonneau y parvint.

"Voyez comme il nage bien, mon dernier né!", fit la maman cane en relevant la tête fièrement.

Elle conduisit ensuite ses petits vers la basse-cour pour qu'ils fassent connaissance avec les autres animaux de la ferme.

"Restez près de moi et surtout faites attention au chat, c'est un matou rusé!", dit-elle à ses enfants.

Il régnait une grande agitation dans la basse cour. La fermière venait de jeter des quignons de pain et les poules, les canards et les dindons se battaient pour picorer les meilleurs morceaux.

Tous les animaux se moquèrent du vilain petit canard qui ne ressemblait en rien à ses frères et sœurs.

"Quel balourd!", caquetèrent les poules la bouche pleine.

"Mon dieu qu'il est laid!", renchérirent les tourterelles en roucoulant.

"Laissez mon petit tranquille!", coupa la maman cane d'un air impatienté, en rassemblant sa petite famille pour l'emmener plus loin dans la cour.

Mais, à leur tour, les frères et sœurs tournèrent le dos au vilain petit canard qui se mit à pleurer devant tant de méchanceté. Excédée, la maman cane comprit qu'il valait mieux qu'elle se débarrasse de cet intrus et, d'un coup de bec, elle le chassa sans ménagement.

Le vilain petit canard s'enfuit dans les prés à la recherche d'un endroit pour se cacher. Il arriva bientôt dans les marais où vivaient des canards sauvages.

"Ooh, ravi de faire votre connaissance", dit le plus vieux des canards sauvages, qui était très poli.

Surpris qu'on lui réserve un aussi bon accueil, le vilain petit canard salua toute la compagnie en agitant gaiement ses ailes.

"Ooh, vous avez un curieux plumage!, continua le vieux canard des marais. "Vous ne devez pas avoir beaucoup d'amis!"

“S’il vous plaît, monsieur le canard sauvage, ne me chassez pas!”, supplia le vilain petit canard. “Je promets de ne pas vous déranger, je me ferai tout petit !”

“Restez tant qu’il vous plaît. Nous sommes juste de passage”, annonça l’oiseau migrateur. “Nous venons d’Angleterre et bientôt nous nous envolerons pour l’Afrique où nous irons passer l’hiver. Voulez-vous venir avec nous ou préférez-vous...”

Pan! Pan!

Deux coups de fusil retentirent et les canards sauvages s’enfuirent sans demander leur reste.

La chasse au canard venait d'ouvrir et soudain, le marais fut envahi par les chasseurs et leurs chiens à l'affût d'une proie à se mettre sous la dent.

Le vilain petit canard était terrifié. Les chasseurs ne cessaient pas de tirer et il n'y avait pas d'endroit pour s'abriter. Il se cacha donc la tête sous son aile, espérant ainsi ne pas être reconnu.

Soudain, il se trouva nez à nez avec un redoutable chien de chasse, au flair légendaire et aux crocs acérés. Mais le chien prêta à peine attention au petit canard, trop laid pour être ramené à son maître, et dans un grand plouf, il se lança dans la rivière à la poursuite d'un autre gibier autrement plus intéressant.

"Je suis si laid que même le chien de chasse n'a pas voulu de moi!", soupira le vilain petit canard.

Désespéré, il resta des heures durant la tête sous l'aile, en attendant que les coups de fusil cessent. A la nuit tombée, lorsque les chasseurs furent partis, le petit canard releva enfin la tête et s'enfuit du marais à tire-d'aile.

Le vent s'était levé et le pauvre caneton eut bien du mal à voler. Enfin, il aperçut une cabane éclairée par une faible lumière. L'endroit était habité par une vieille femme, qui vivait seule avec son chat et sa poule. La pauvre femme était si vieille qu'elle ne voyait pas plus loin que le bout de son nez. Le chat fit les présentations et le caneton fut accueilli à bras ouverts par la pauvre vieille qui crut qu'elle allait enfin pouvoir augmenter ses maigres ressources.

"Quelle aubaine!", s'écria la vieille grand-mère, "j'aurai bientôt de gros œufs de cane pour faire de bonnes omelettes!"

La pauvre ne s'était pas aperçue que le caneton était trop petit pour pondre un œuf. Elle l'installa tout de même dans le poulailler et lui accorda trois semaines pour remplir son panier d'œufs.

Comme rien ne se passait, le chat et la poule vinrent trouver leur maîtresse:

"Il faut mettre ce bon à rien à la porte!", dirent-ils en chœur. "C'est une bouche de plus à nourrir et il ne pond rien".

"Voyons", fit la pauvre vieille en se penchant avec sollicitude sur le sort du malheureux caneton, "ne peux-tu pas pondre un peu, ne serait-ce qu'un tout petit œuf ?"

Le caneton fit signe que non :

"Je suis désolé, mais je ne sais pas pondre."

Prise de pitié, la vieille femme lui fit signe de rester. Malheureux comme les pierres, le pauvre petit canard aurait préféré s'enfuir et plonger dans l'eau du lac. D'ailleurs, depuis quelques jours, cette idée ne le quittait plus un seul instant.

"Fiche-nous la paix avec ton lac", gloussa la poule.

"Ou bien va-t-en", miaula le chat, fatigué des vociférations du canard qui l'empêchaient de ronronner tranquillement au coin de la cheminée.

Devant tant d'incompréhension, le vilain petit canard prit son courage à deux mains, fit sa valise et s'en alla à la recherche de contrées plus propices.

Il finit par trouver un étang isolé où, bien que seul, il passa des journées agréables. Malheureusement, l'été touchait à sa fin. Les feuilles des arbres tombèrent et un vent froid se mit à souffler sur l'eau de l'étang, faisant frissonner le vilain petit canard.

L'hiver succéda rapidement à l'automne et, avec les premiers grands froids, l'eau de l'étang se transforma en glace. Le caneton avait beau battre des ailes, la surface de l'étang rapetissait un peu plus chaque jour. Epuisé par ses efforts, il s'endormit sur l'eau presque gelée et se retrouva en une nuit prisonnier des glaces de l'étang.

Un paysan qui passait par là se précipita sur l'étang gelé pour délivrer le malheureux qu'il conduisit chez lui et installa près du feu.

"Alors, petit rescapé, te voici réchauffé ?", demanda la fermière au nouveau protégé de la maisonnée.

Les enfants se prirent d'amitié pour le caneton et jouèrent avec lui dans toute la maison. Le vilain petit canard était bien maladroit et, poursuivi par les gamins, il renversa la marmite du dîner ainsi que le cruchon de lait, puis réussit dans sa lancée à faire tomber les œufs de la fermière qui, bien sûr, se cassèrent. Les enfants riaient comme des chenapans, mais leur maman, très fâchée, leur donna la fessée et chassa le vilain petit canard de la maison.

Le fugitif trouva refuge sous un appentis, près de la grange. Il y passa l'hiver, grelottant de froid, avec pour seule nourriture les rares graines qui jonchaient la terre battue de la remise.

A la fonte des neiges, dès les premiers rayons de soleil, le vilain petit canard, bien qu'affaibli par les restrictions de l'hiver, reprit la route, espérant une fois de plus trouver sous d'autres cieux un environnement plus hospitalier.

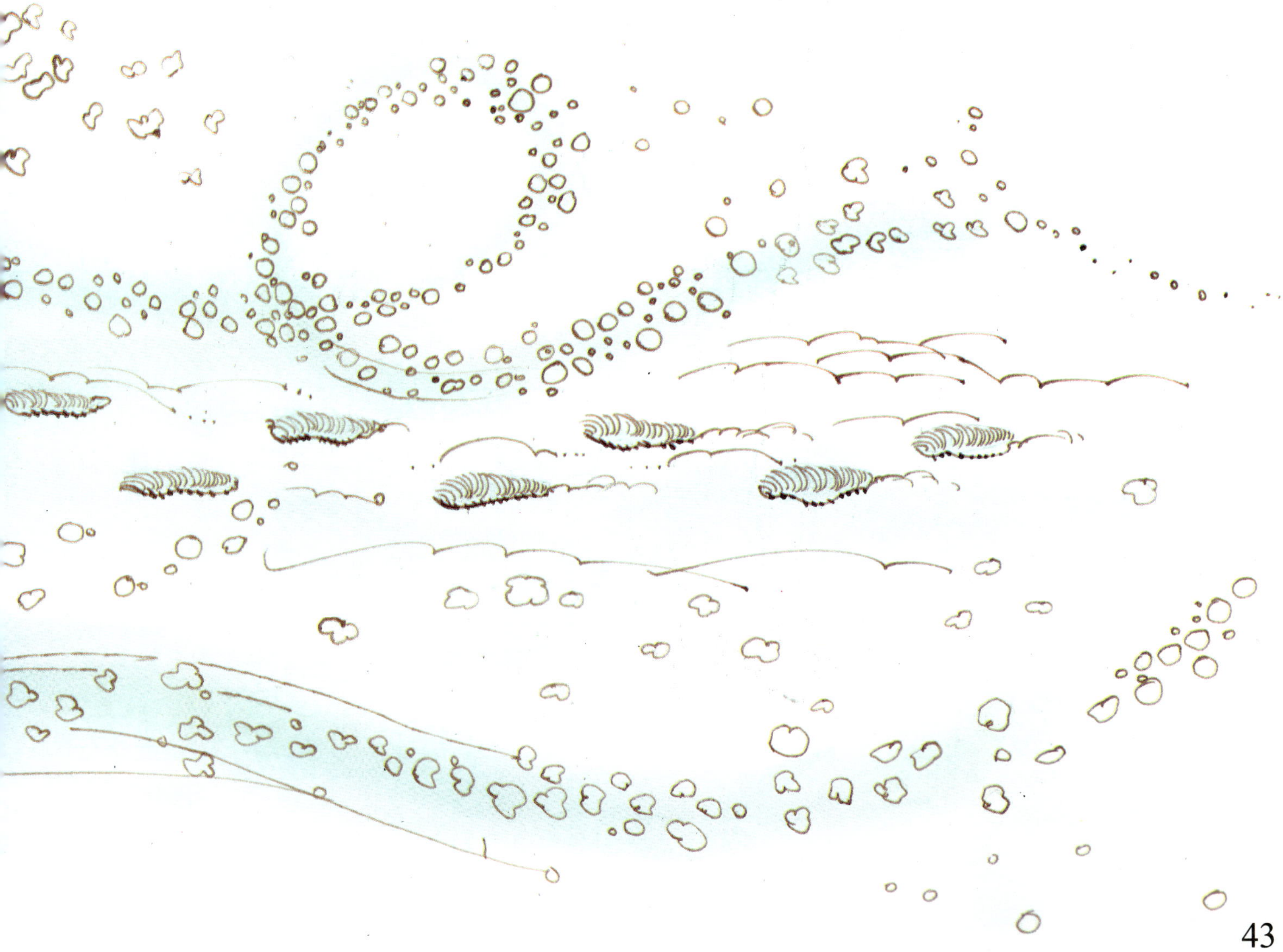

A sa grande surprise, il constata qu'il savait voler et s'élança dans les airs avec majesté. Après un long voyage, il atterrit dans un verger où des cerisiers étaient en fleurs. Une multitude de jonquilles et de crocus tapissaient le pré.

"Quel endroit ravissant", se dit le vilain petit canard. "Et quel bel étang! Vite, j'y plonge!".

Il s'ébattait gaiement dans l'eau quand apparurent quatre grands cygnes blancs.

"Qu'ils sont beaux!", soupira le vilain petit canard avec envie. "Mais j'ai intérêt à déguerpir bien vite car ils ne vont pas tarder à m'attaquer", pensa-t-il aussitôt, échaudé par toutes ses mésaventures.

S'il avait réussi à échapper aux coups de bec des poules, aux morsures des canards et aux poursuites des enfants, ne risquait-il pas cette fois-ci un plus triste sort, peut-être même la mort ?

Hélas, malchanceux comme toujours, il se prit la patte dans un roseau et se trouva dans l'impossibilité de fuir devant ses nouveaux ennemis. Terrorisé, il baissa tristement la tête en suppliant :

"Par pitié, ne me faites pas de mal !"

Mais rien ne se passa et les cygnes passèrent en lui faisant un bonjour amical. Le vilain petit canard n'en revenait pas. En relevant la tête, il vit son image dans l'eau de l'étang et eut la surprise de constater qu'il avait perdu son vilain plumage gris d'avant l'hiver. "Mais..., je rêve ?", balbutia-t-il, "cette image que je vois dans l'eau, ça ne peut pas être moi !"

Et pourtant si, c'était bien lui : il s'était métamorphosé en ma-

gnifique cygne blanc, au long coup élancé. D'un seul coup, il oublia ses malheurs et son cœur éclata de joie de se trouver avec d'autres cygnes, sur ce grand lac paisible au milieu d'un si beau parc. Les autres cygnes glissèrent avec grâce dans sa direction et firent une haie d'honneur pour l'accueillir. "Bienvenue dans notre royaume, votre altesse", lui dirent-ils en inclinant leur long cou couvert de fines plumes blanches.

A partir de ce jour là, le vilain petit canard n'eut plus à souffrir des quolibets des autres oiseaux. Tous le respectèrent comme le véritable seigneur qu'il était. Le dimanche, les enfants du village prirent l'habitude de venir le voir glisser fièrement sur l'eau. Ils lui jetaient des morceaux de gâteau et de la mie de pain. Respecté et aimé de tous, l'ancien vilain petit canard fut élu le plus bel oiseau de l'étang. Il y connut enfin la vie heureuse qu'il avait tant méritée.